Alice Hoogstad

MONSTER BOOK

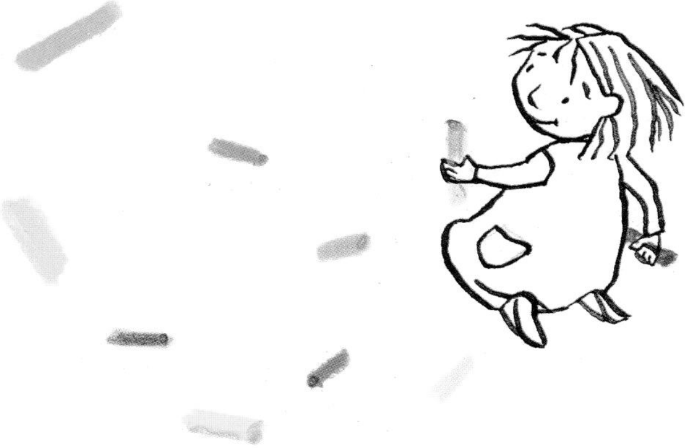

LEMNISCAAT

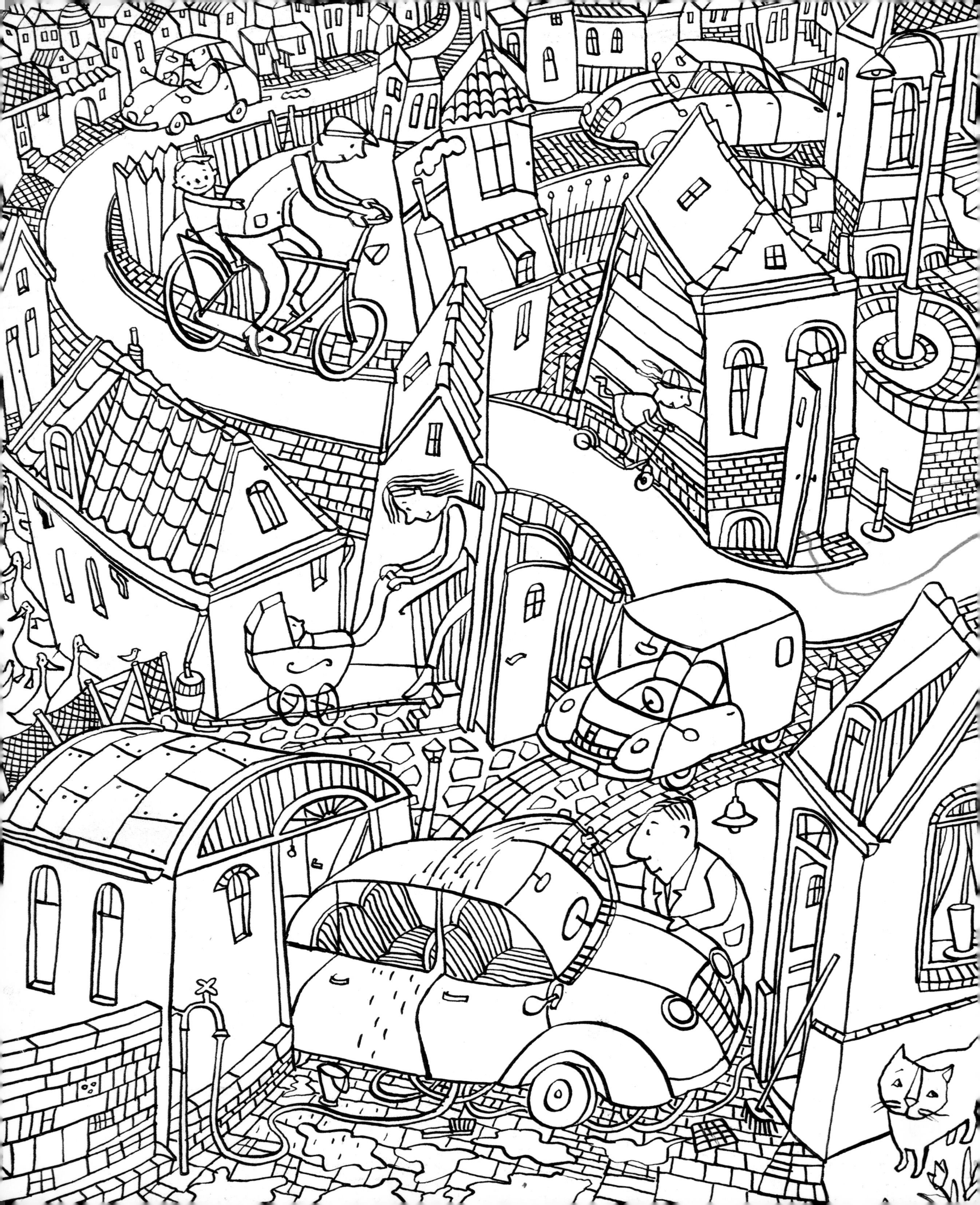

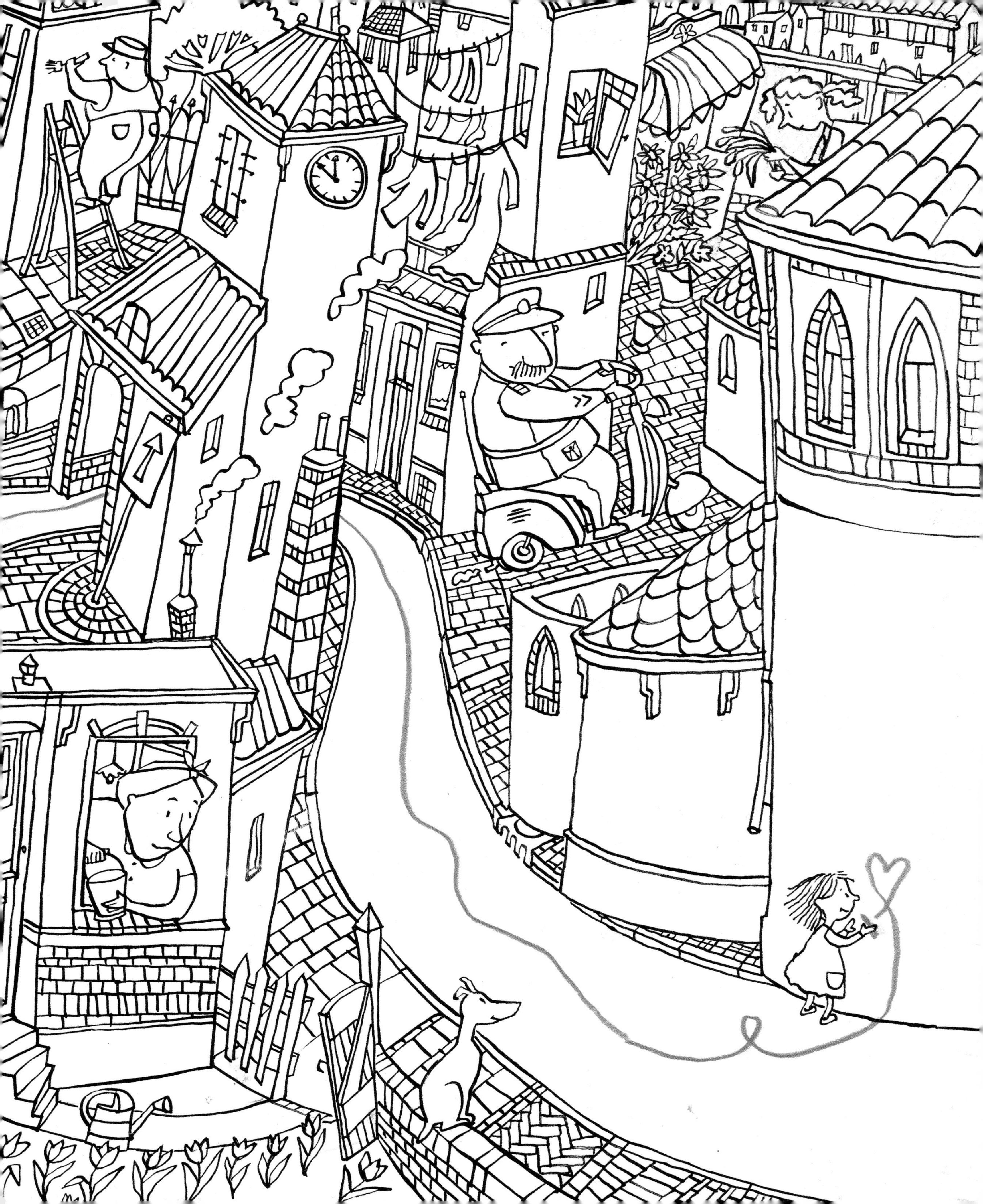

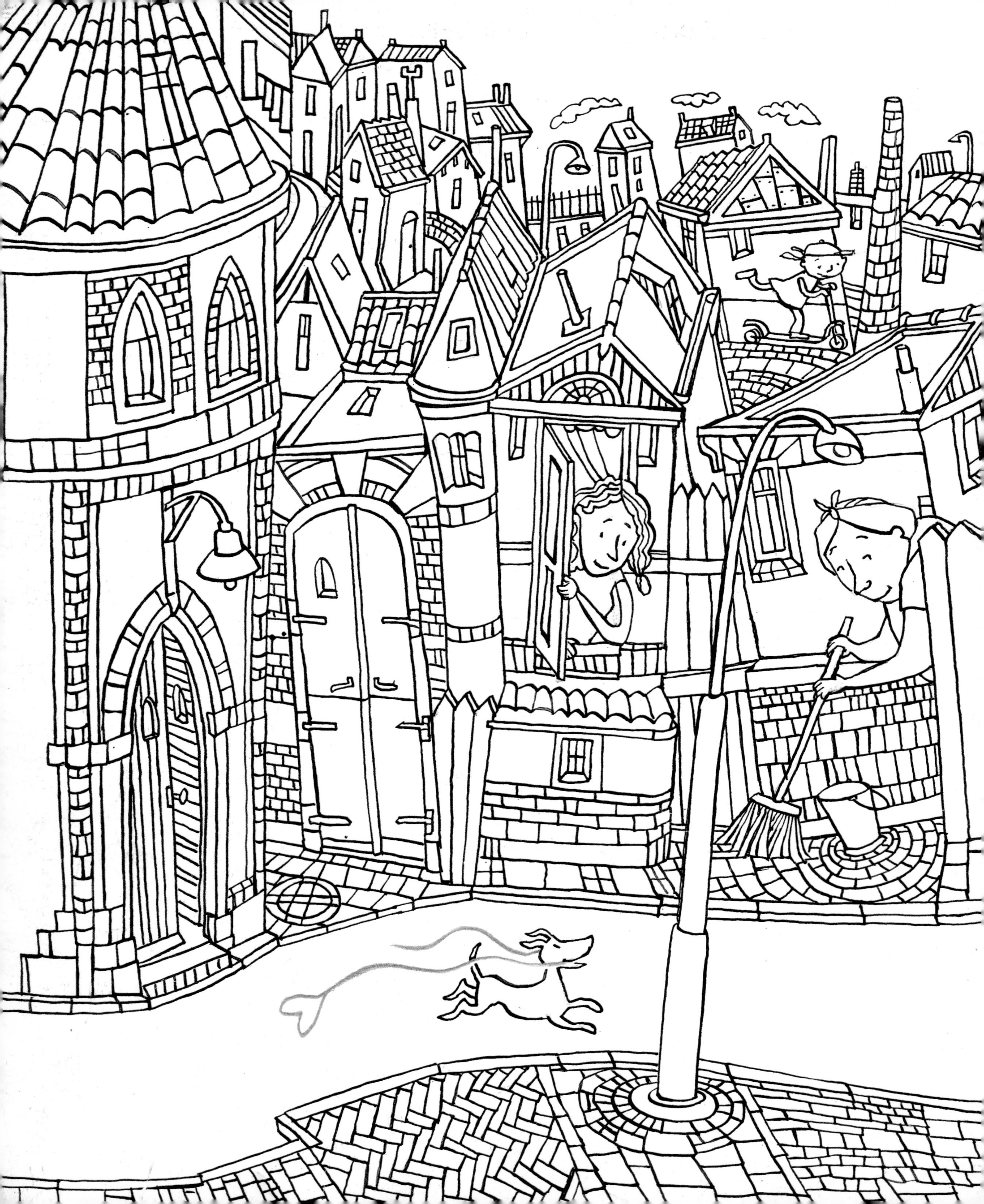

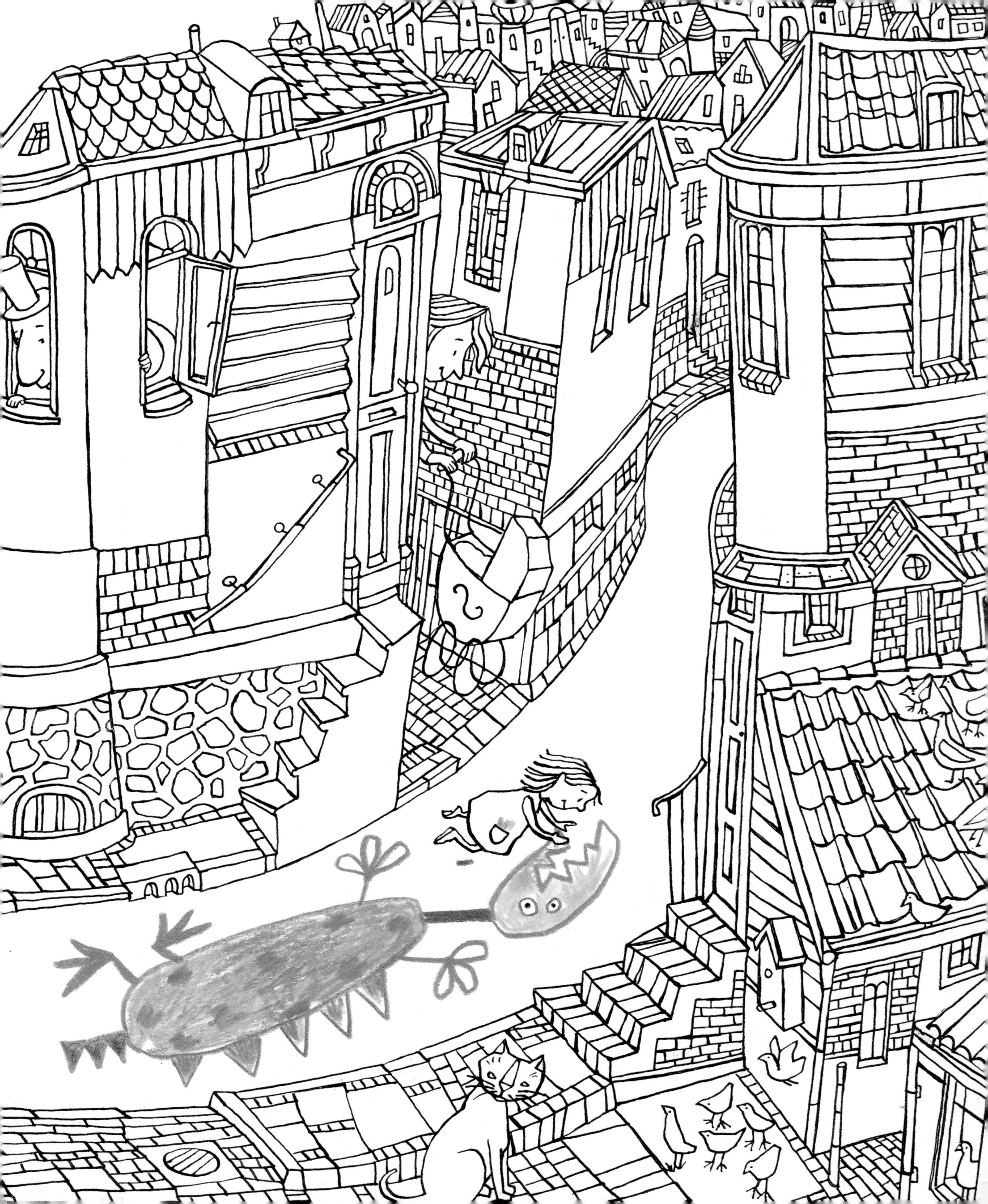

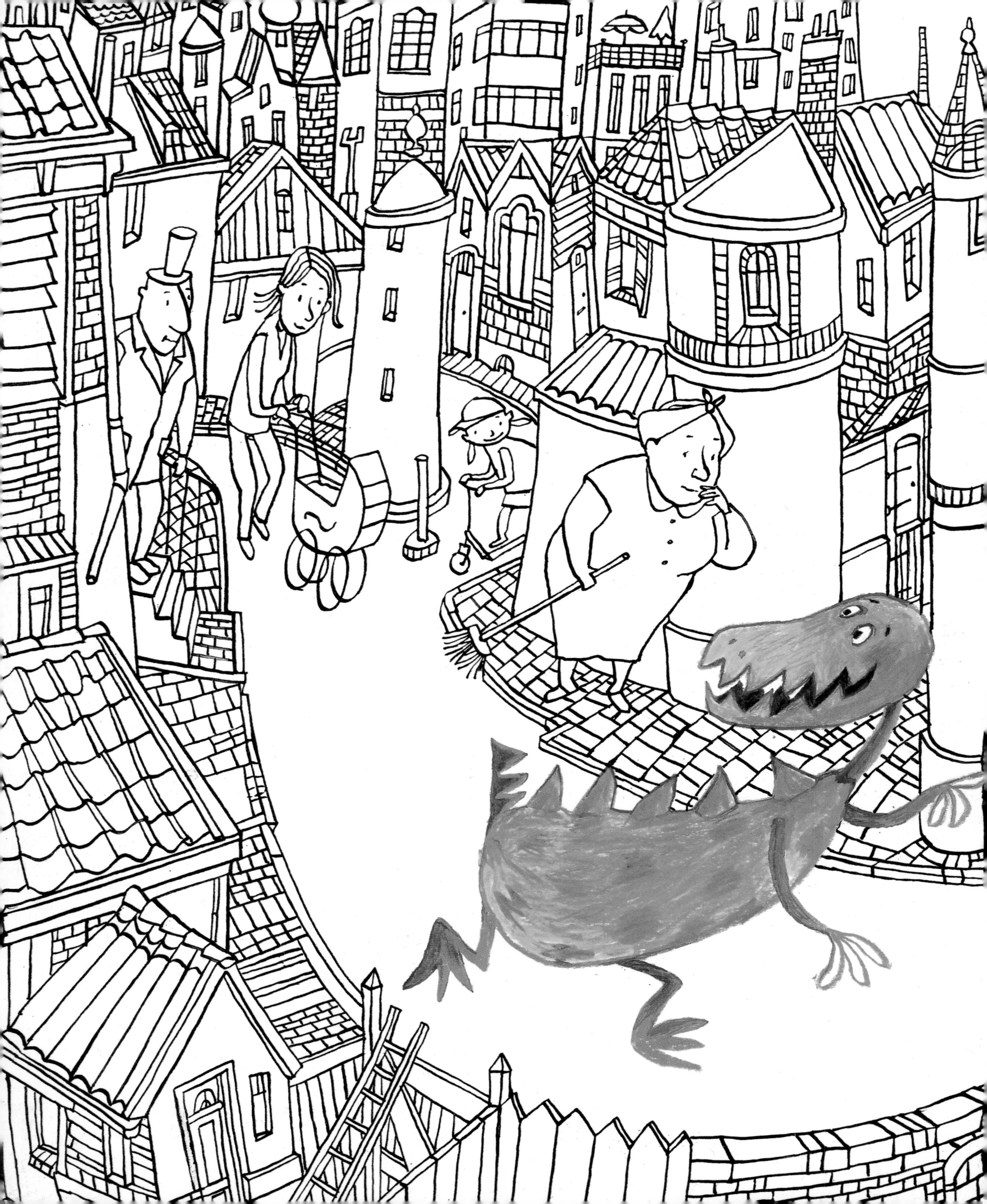

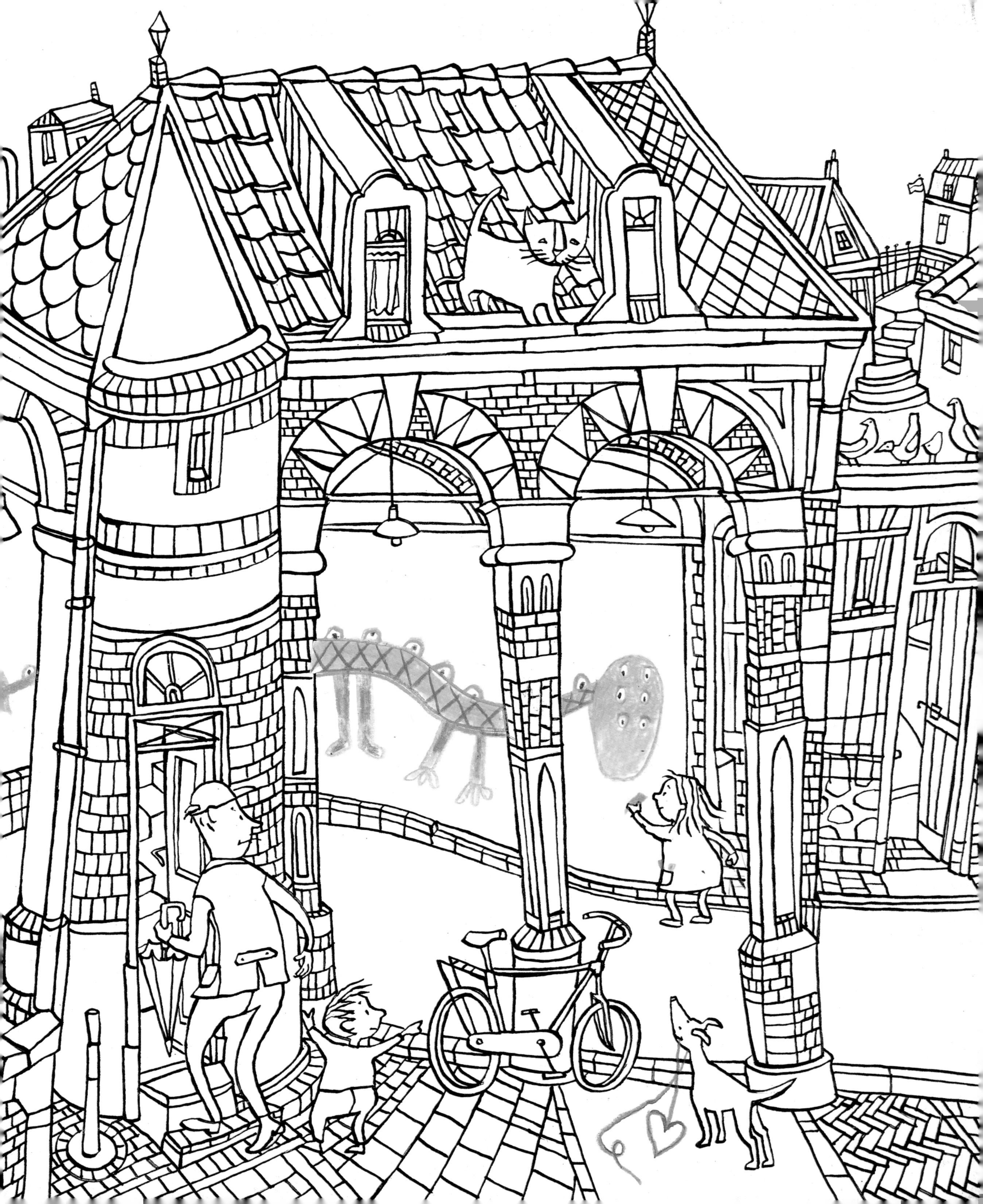

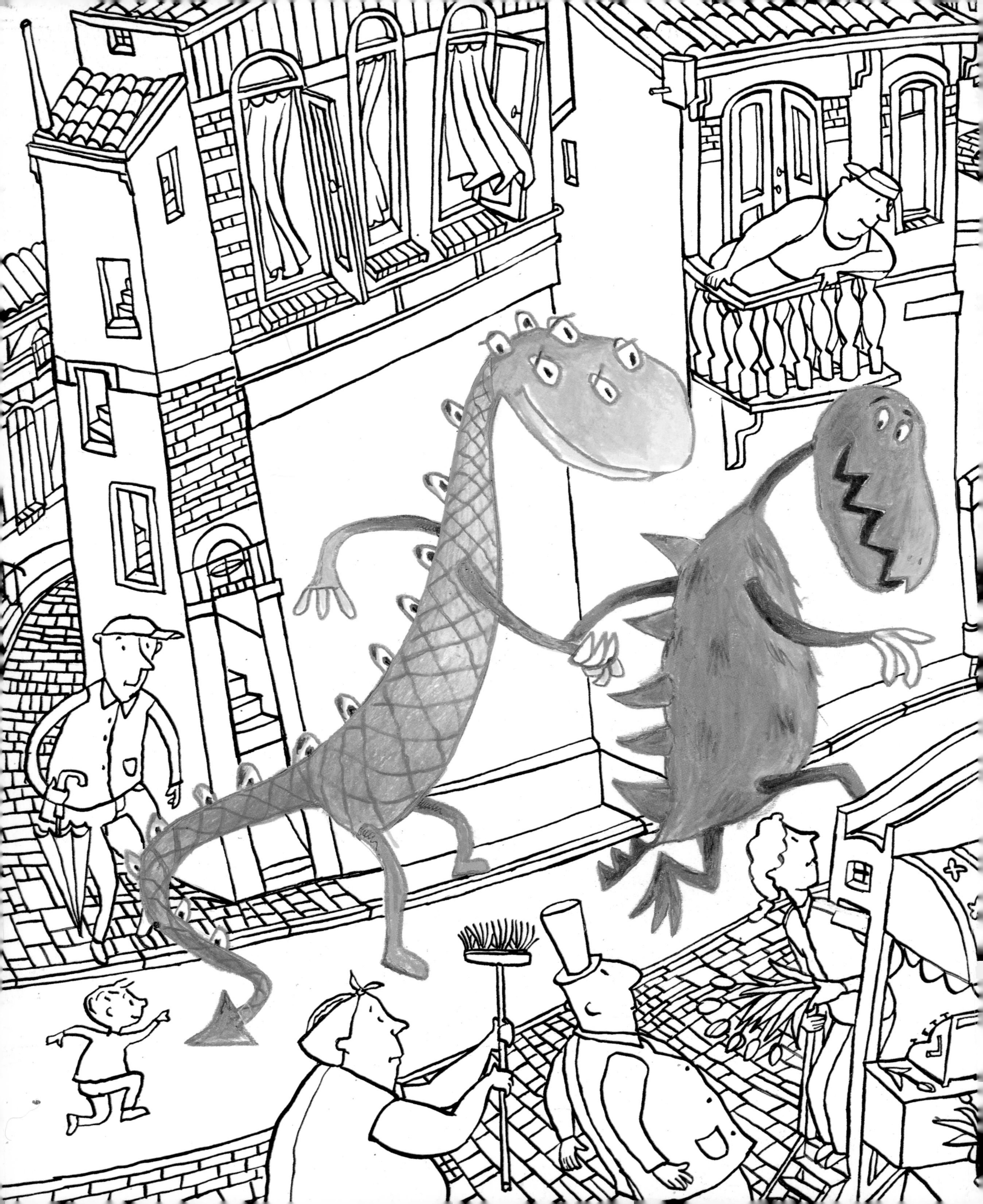

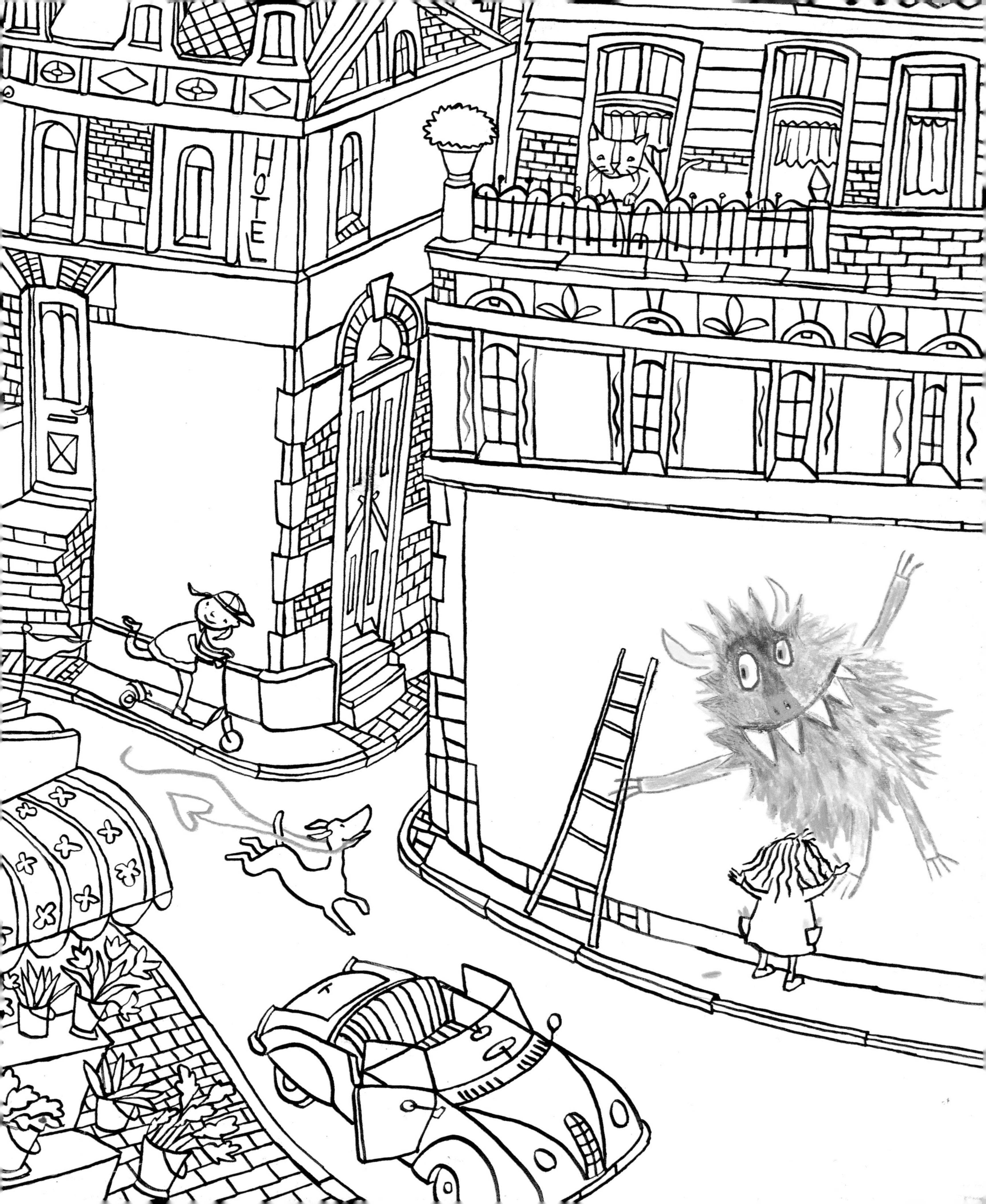
HOTEL

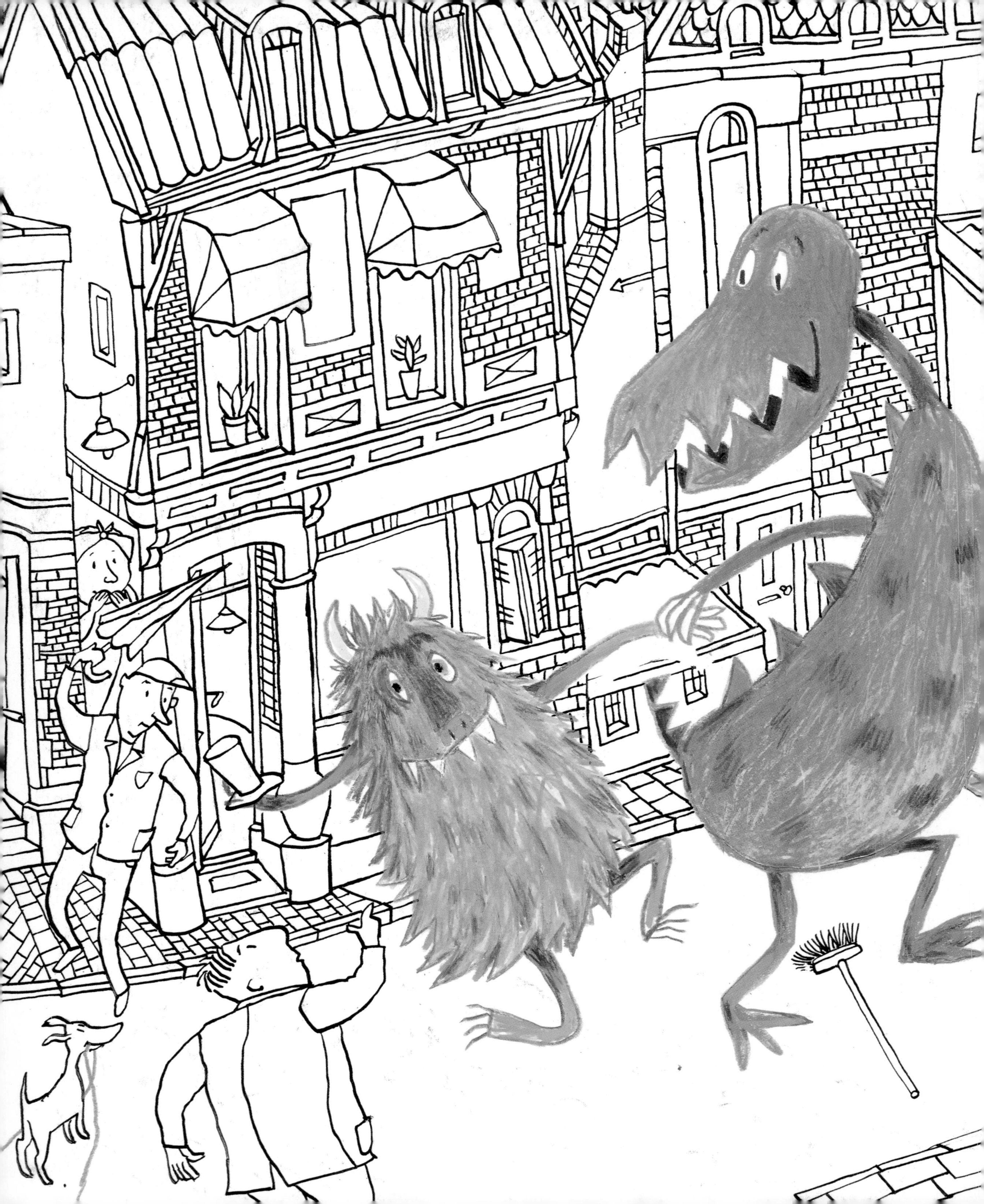

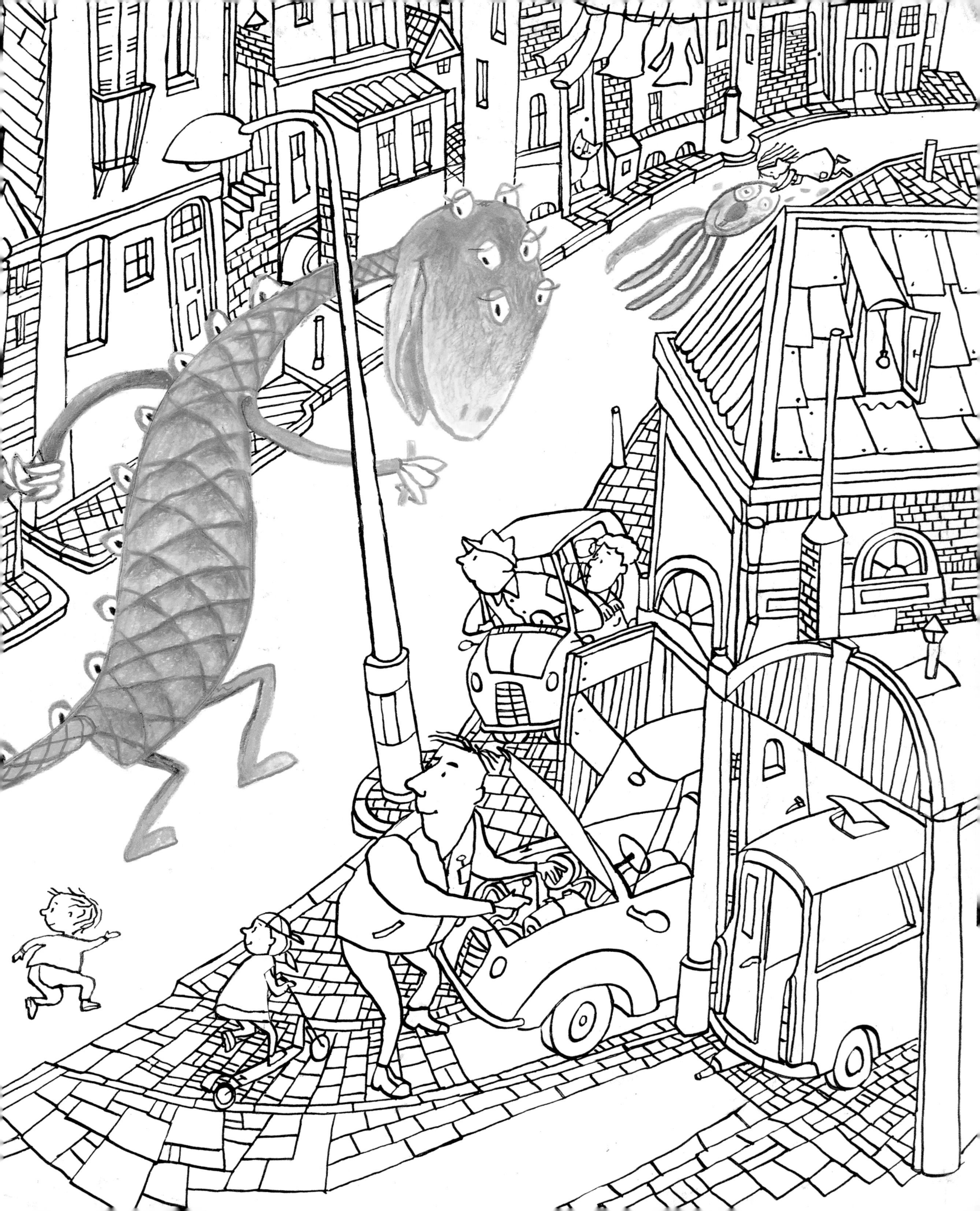

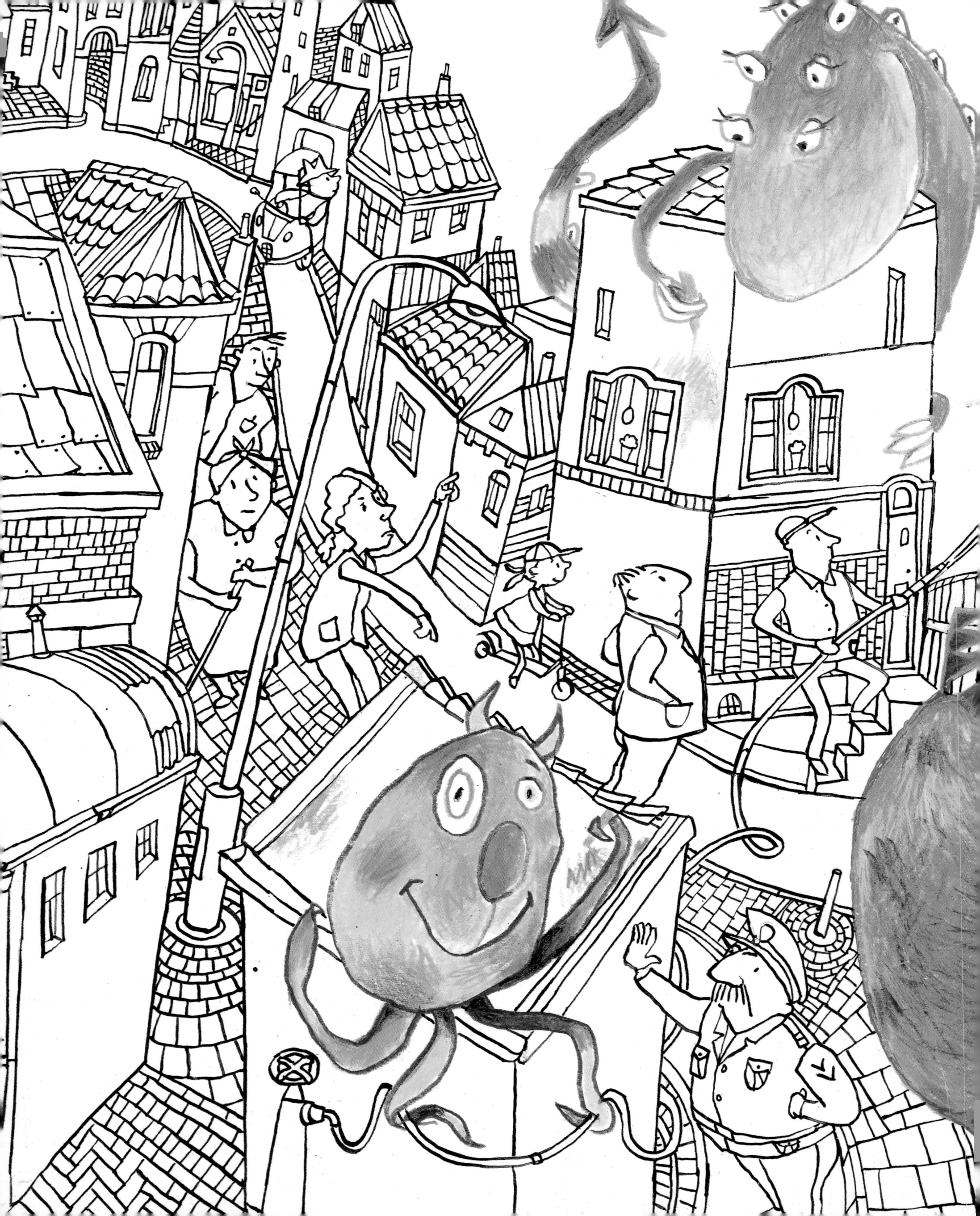

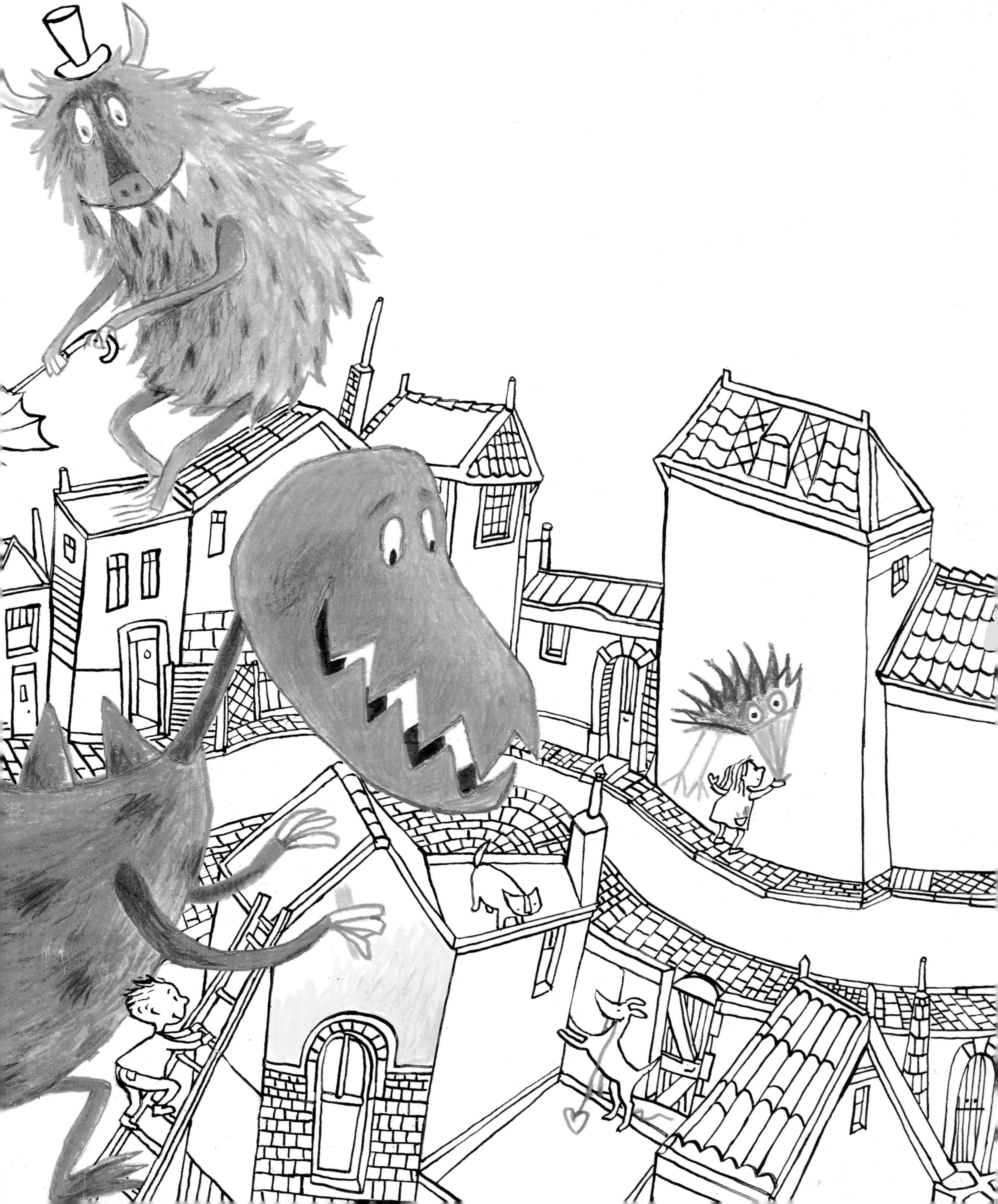

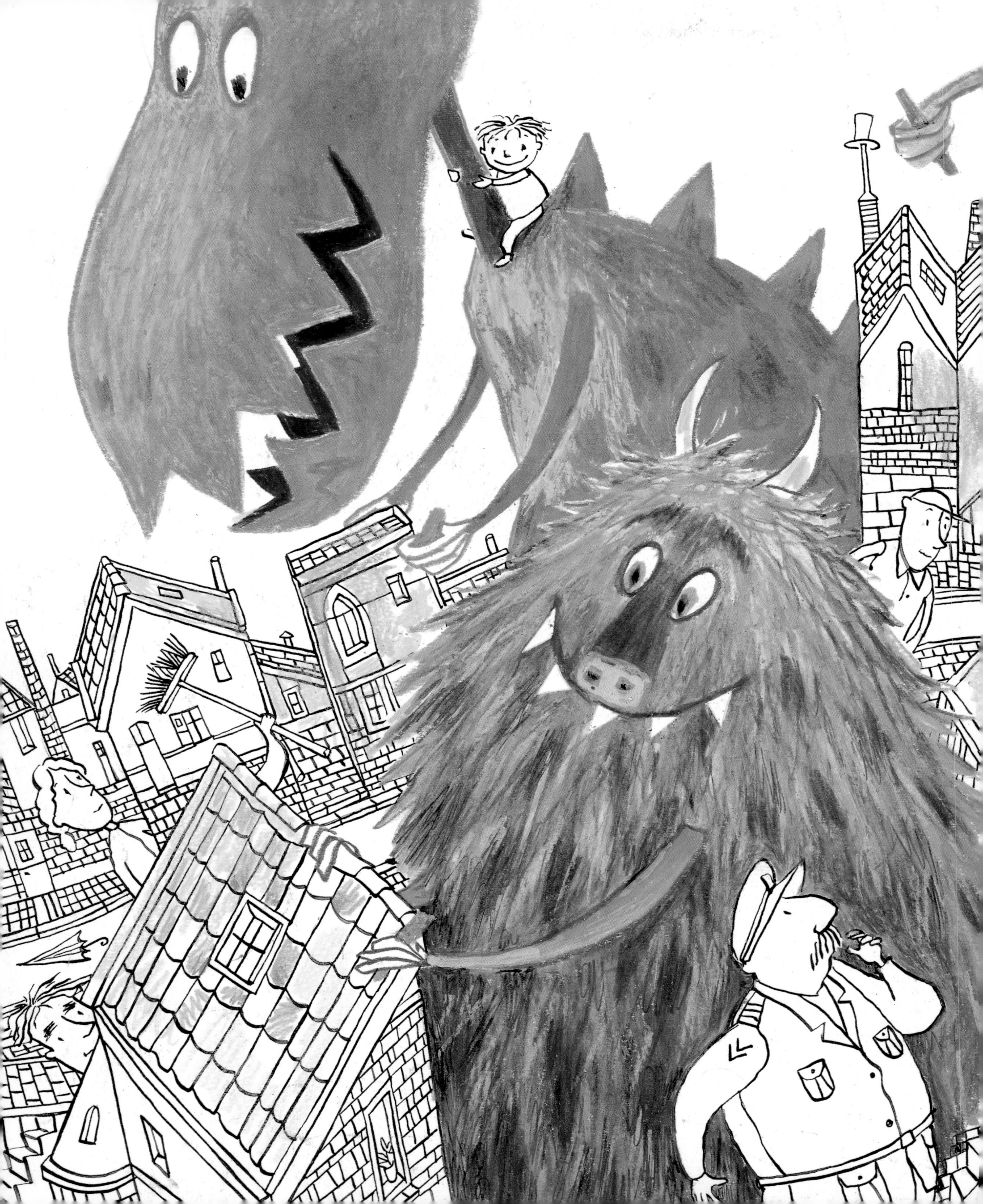

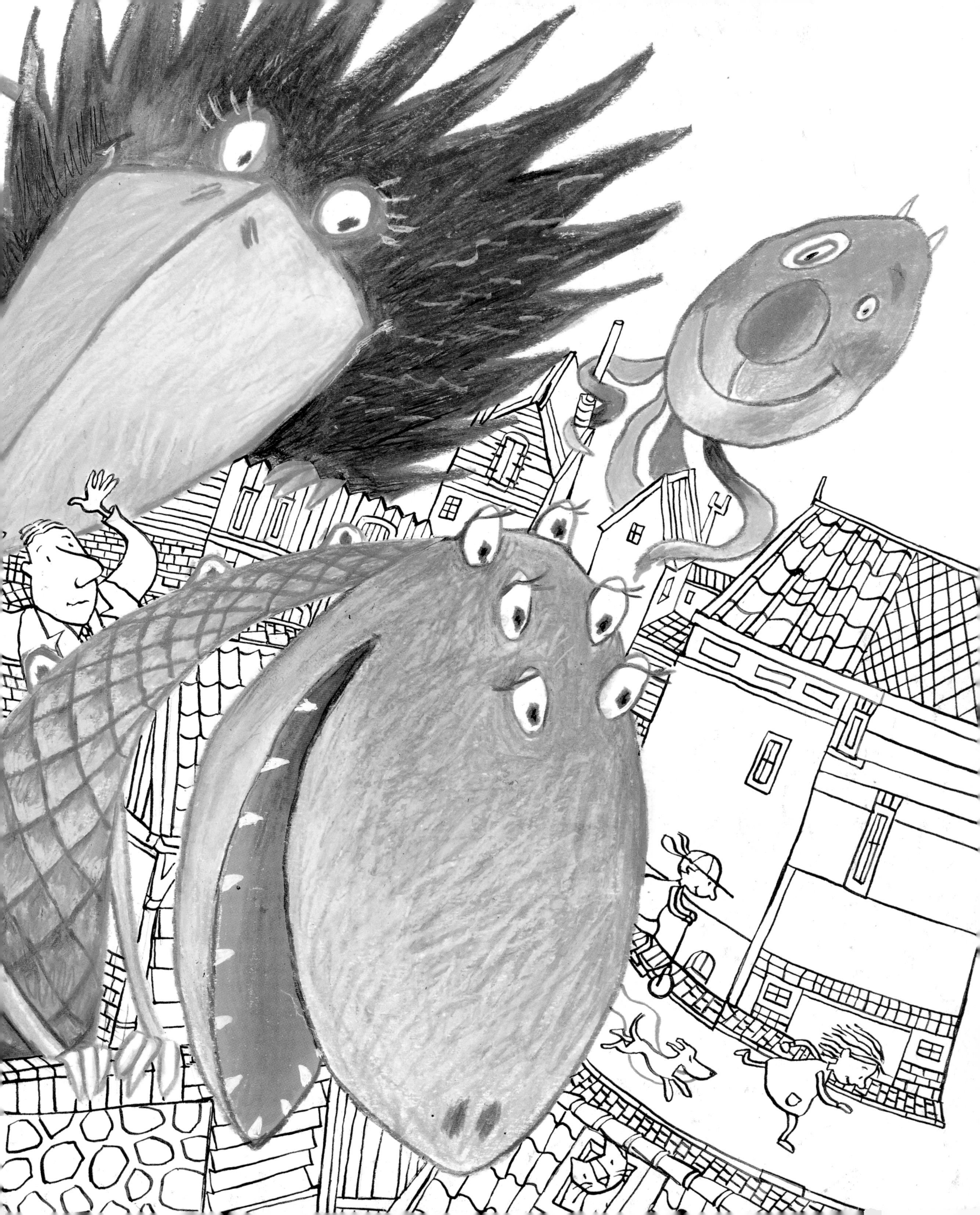

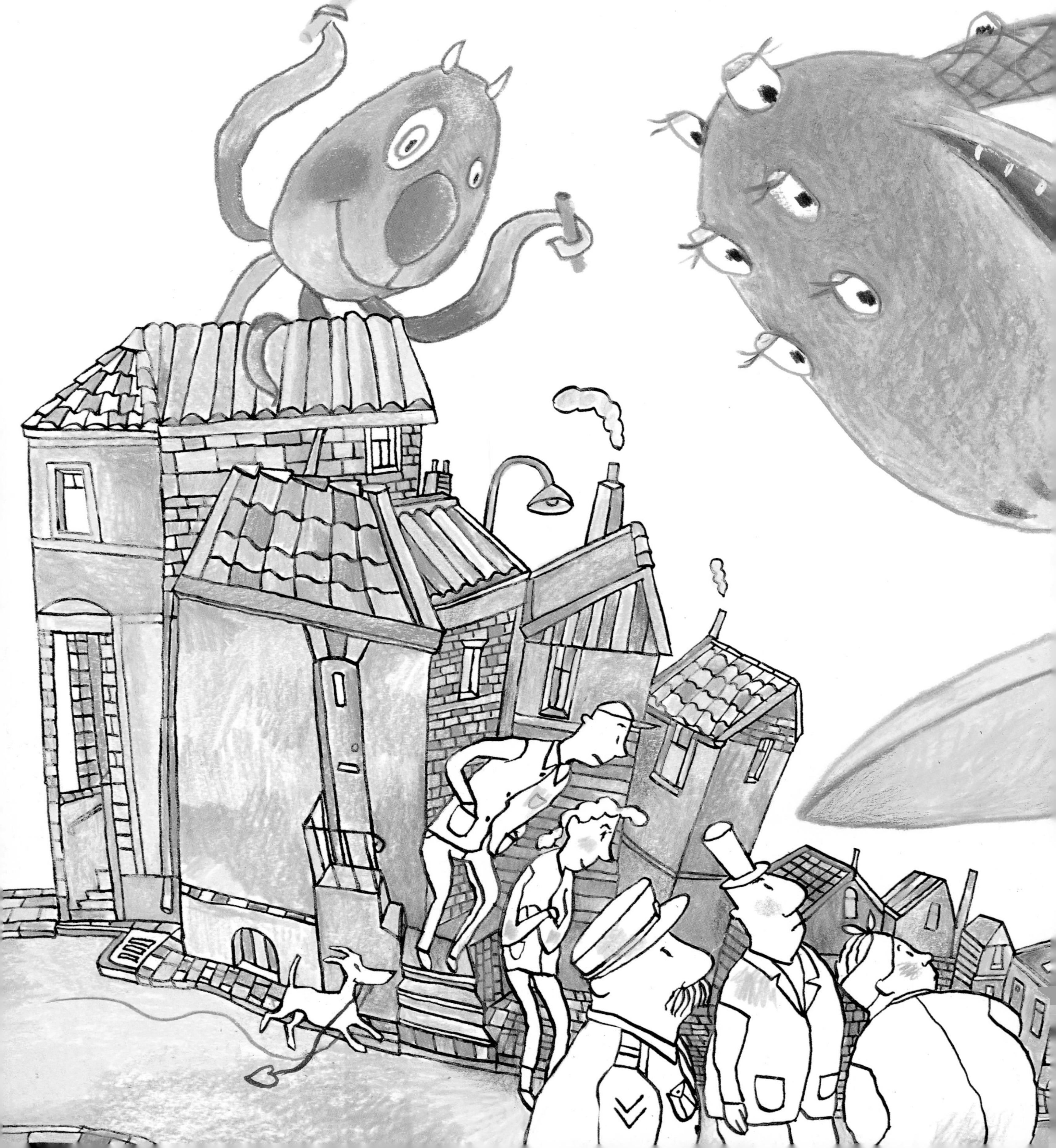

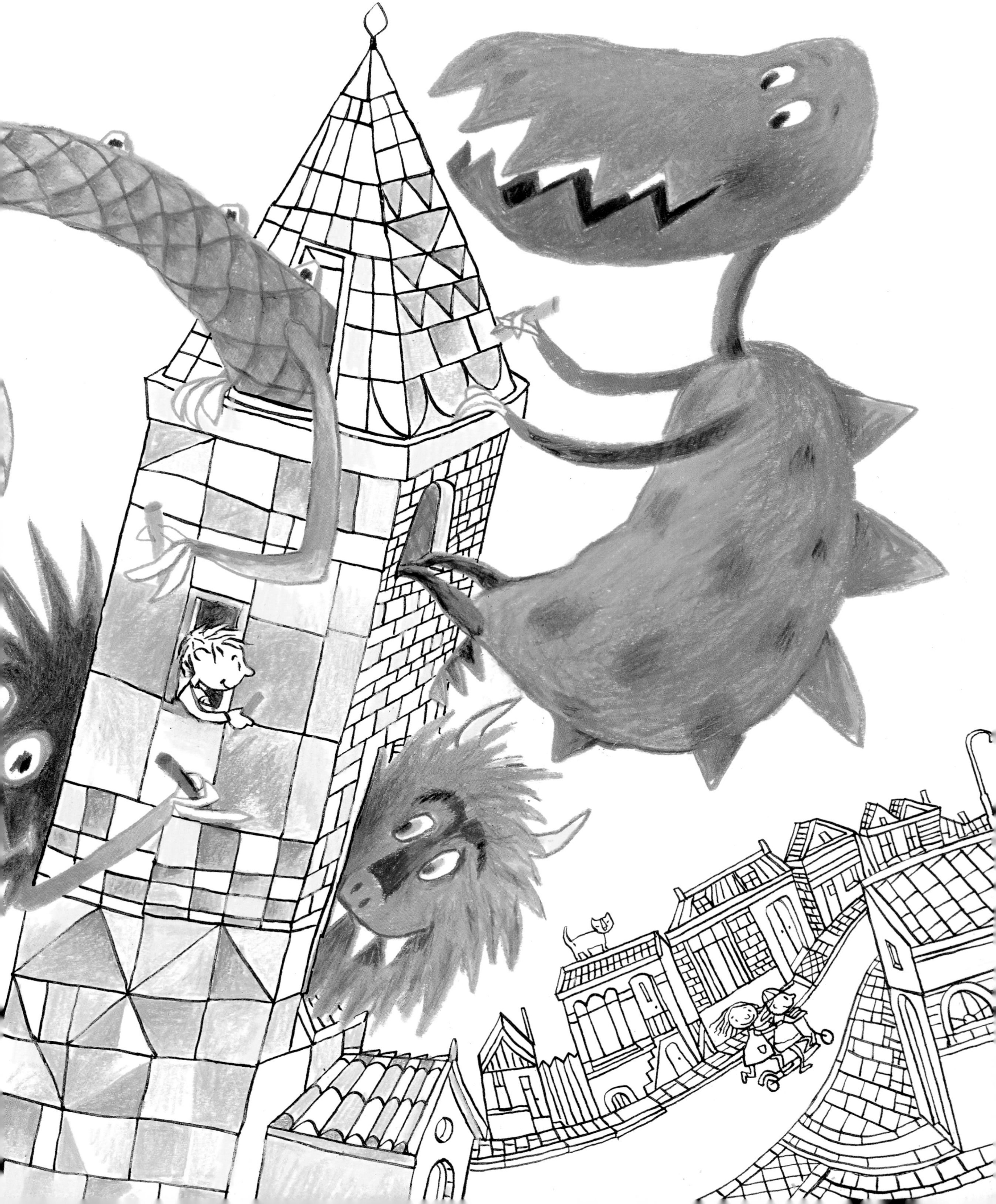

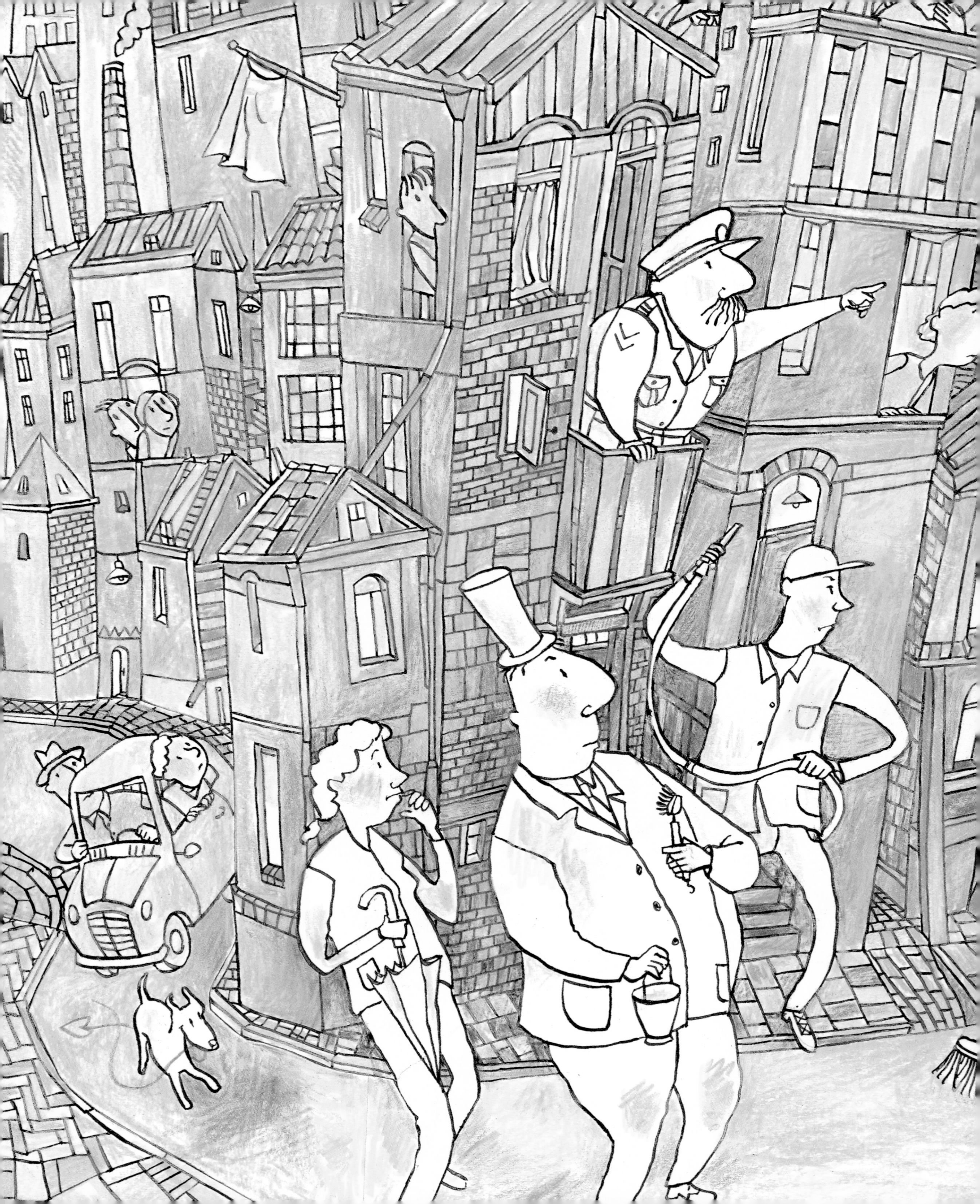

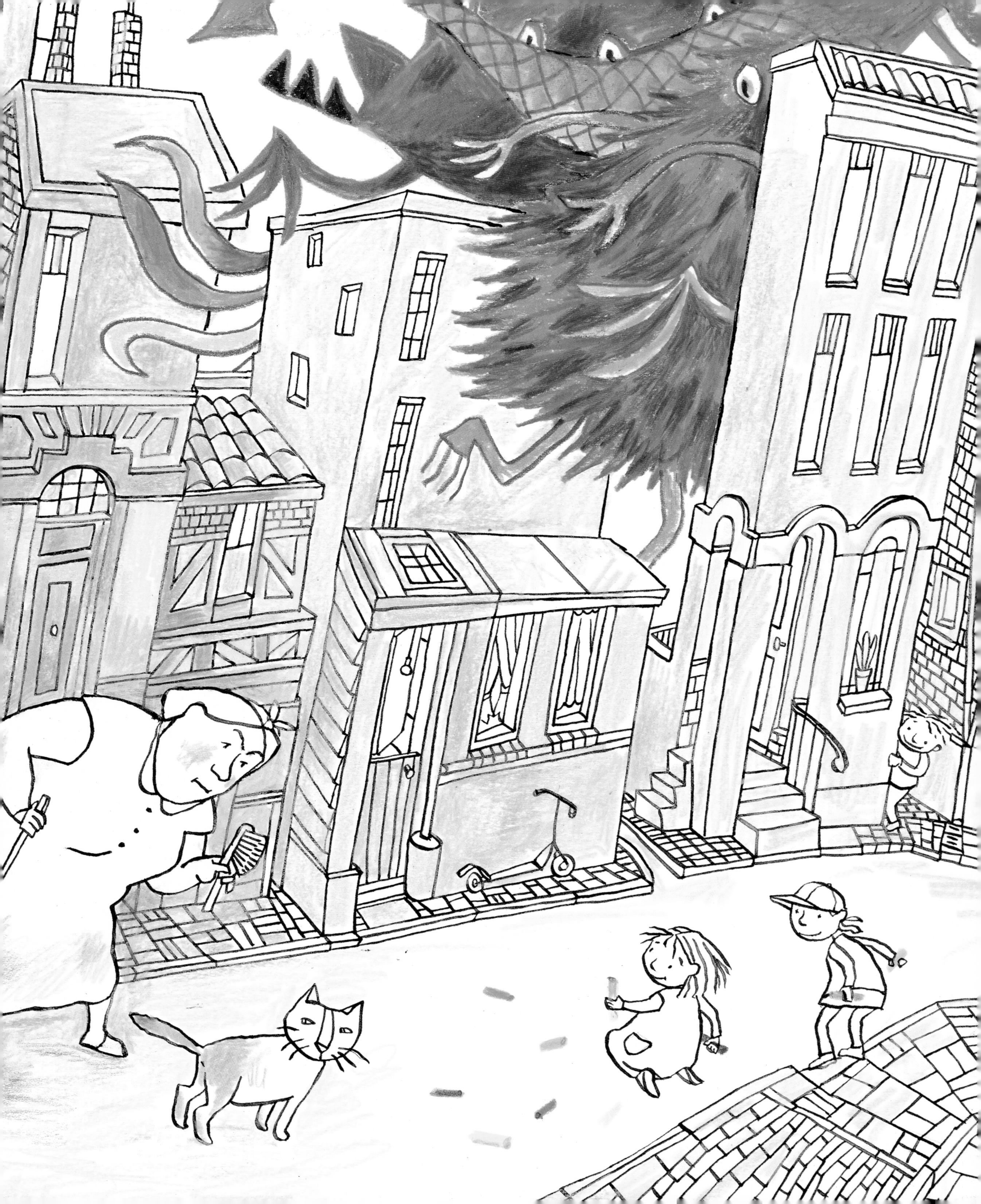

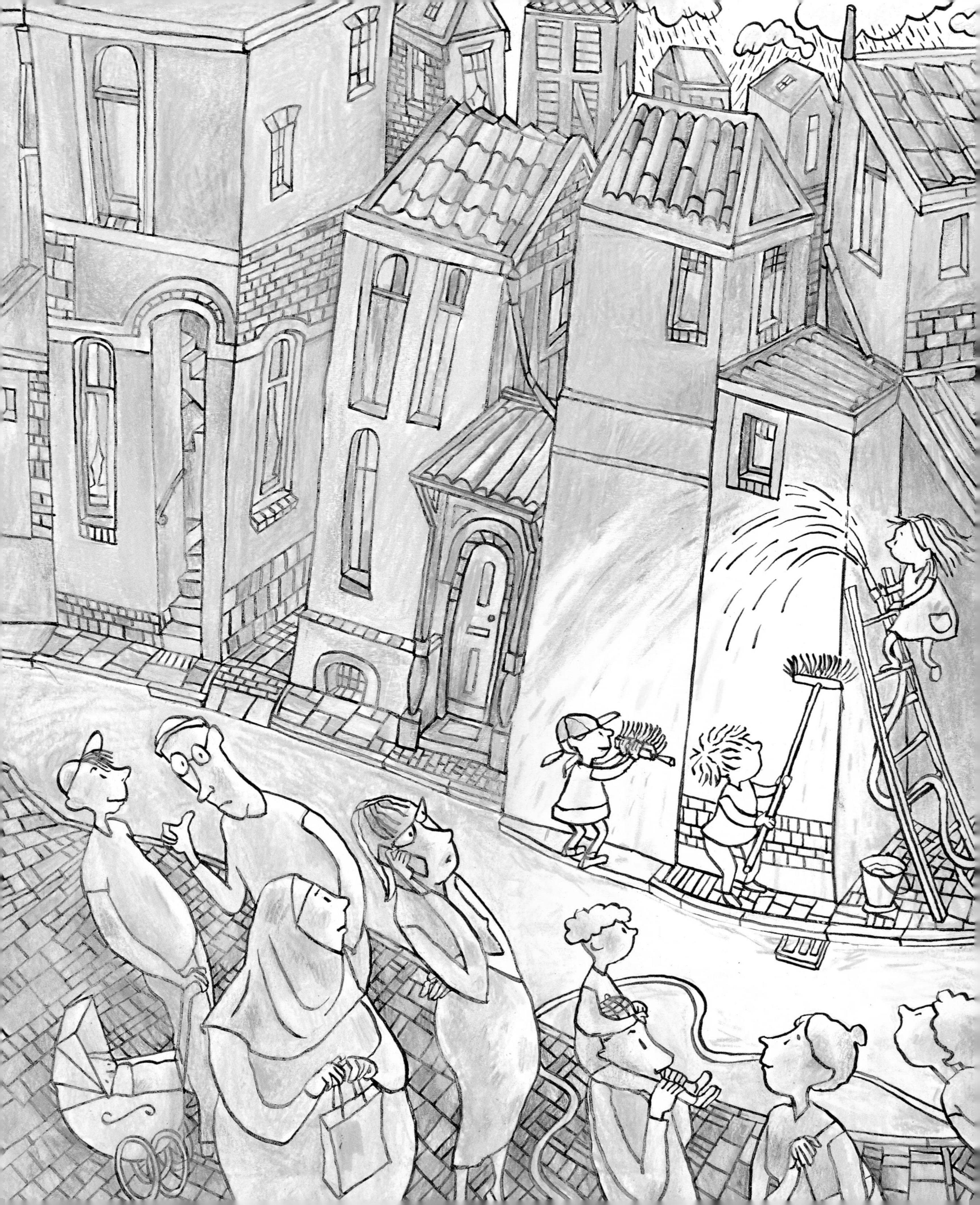

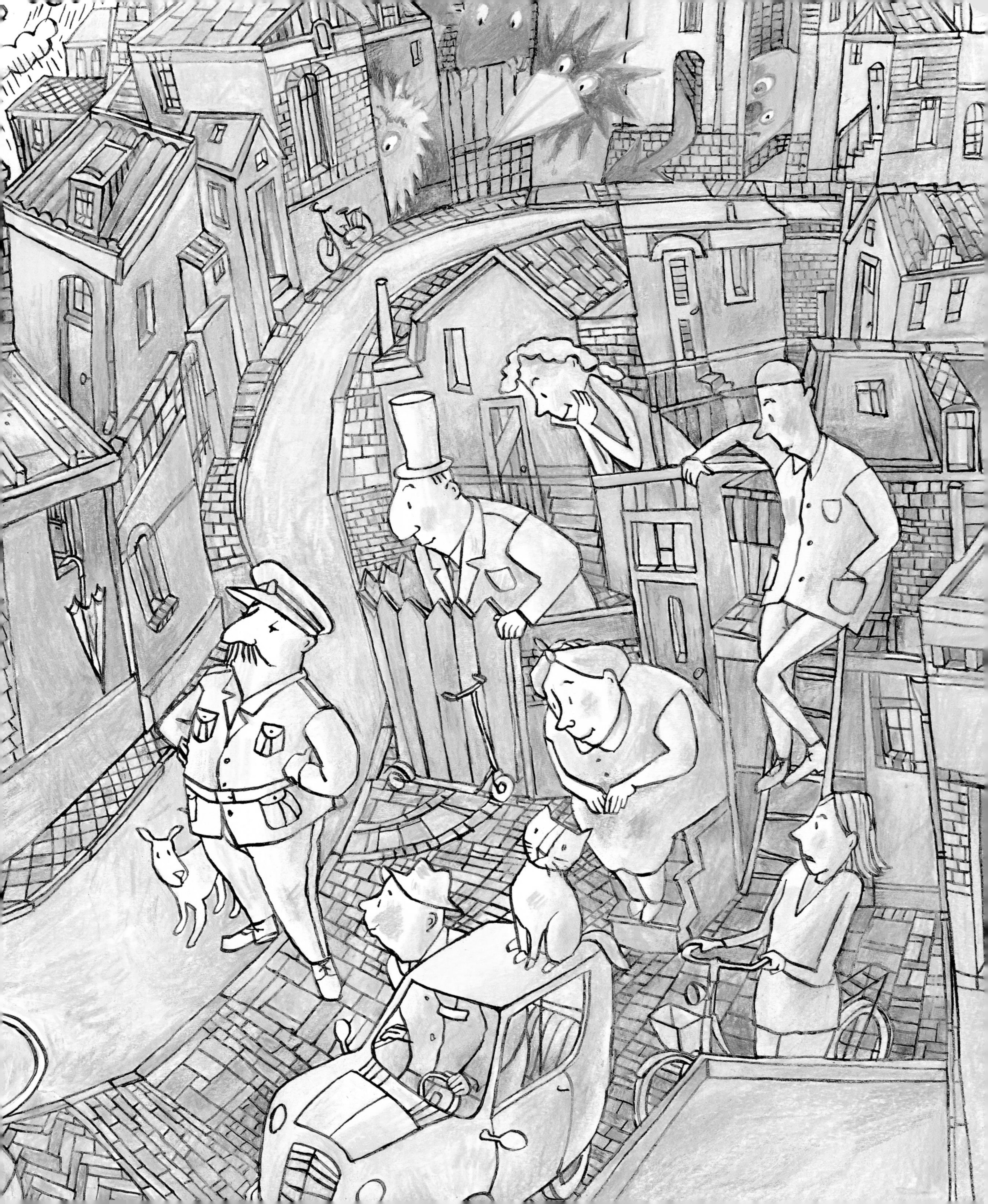

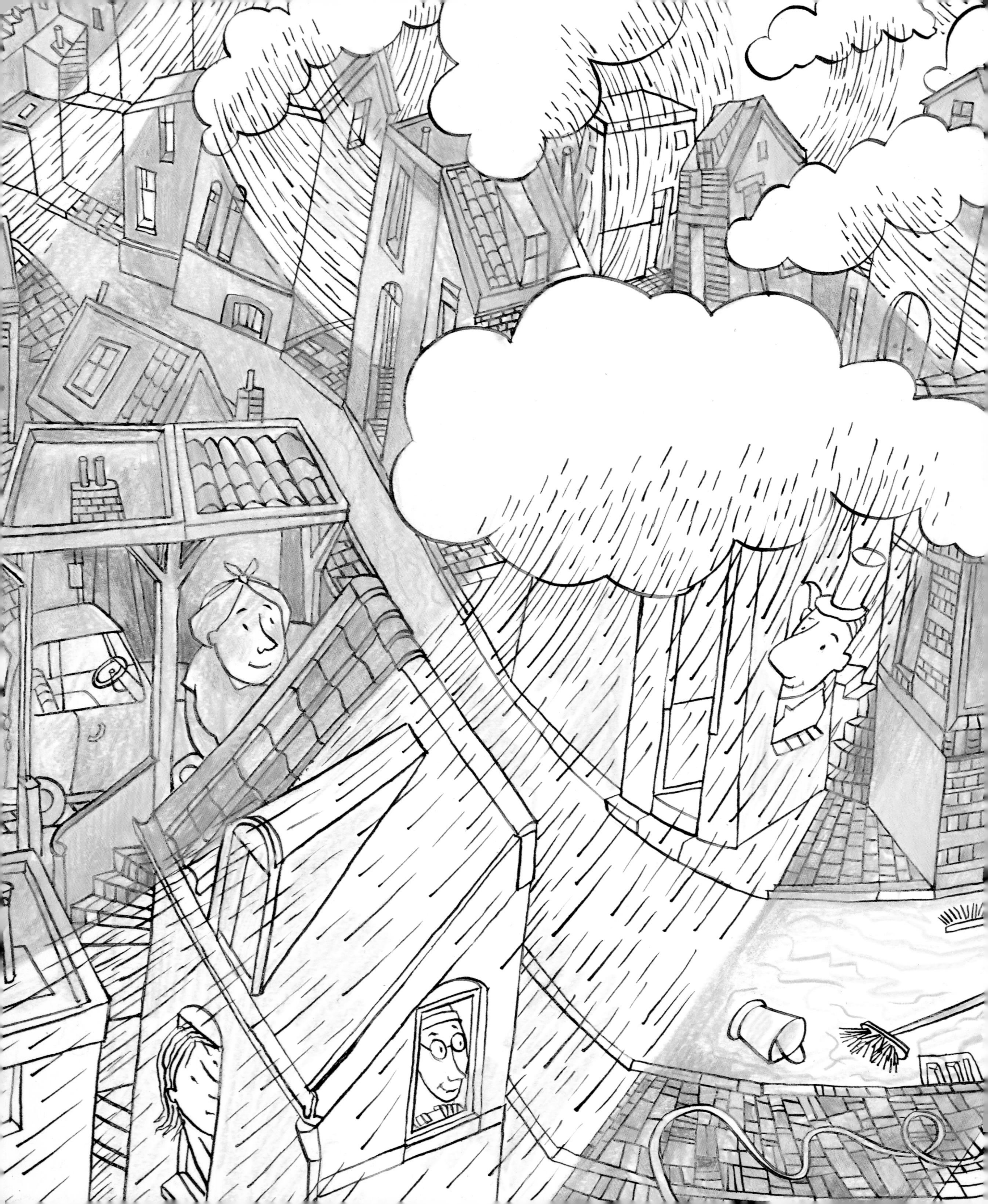

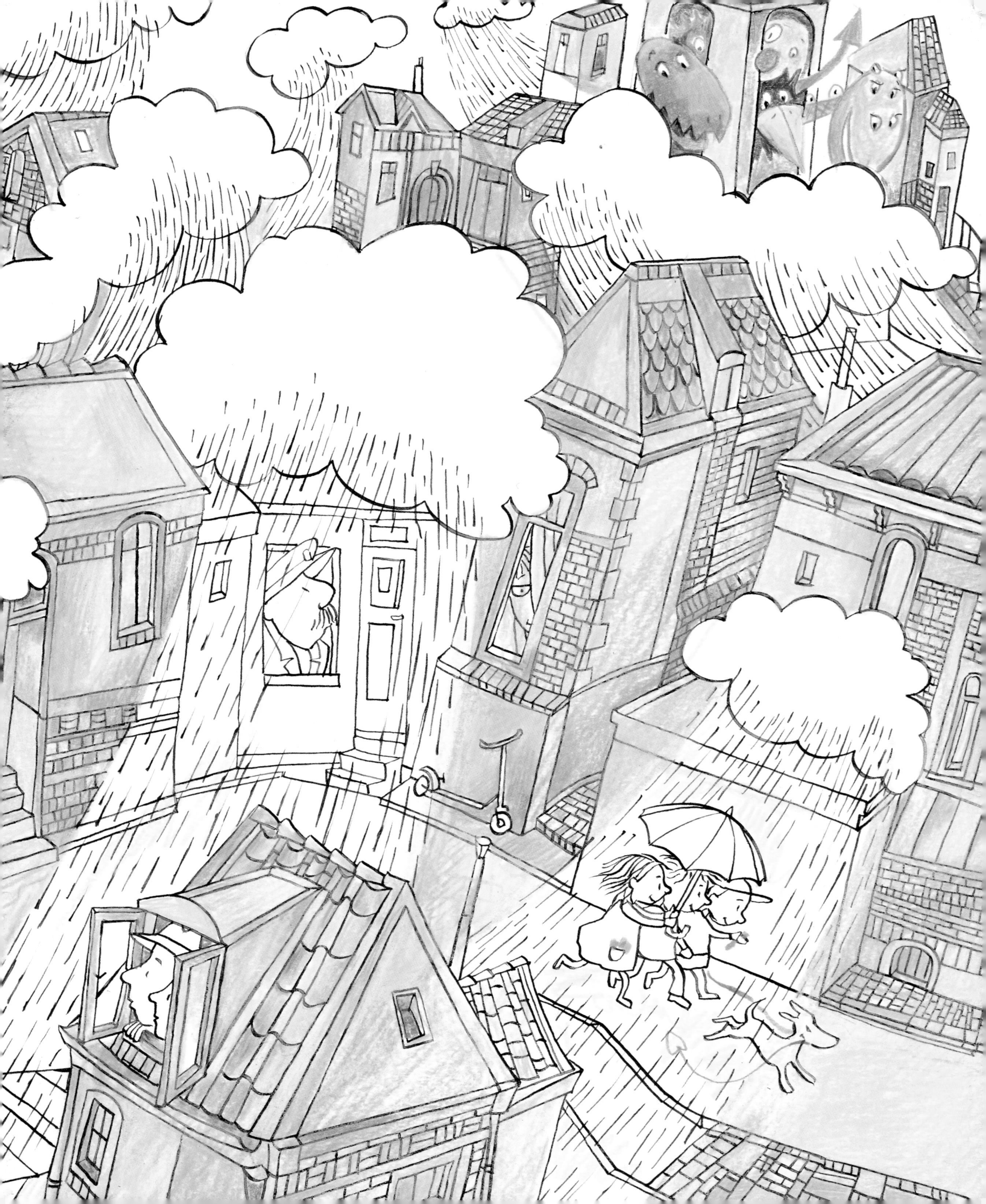

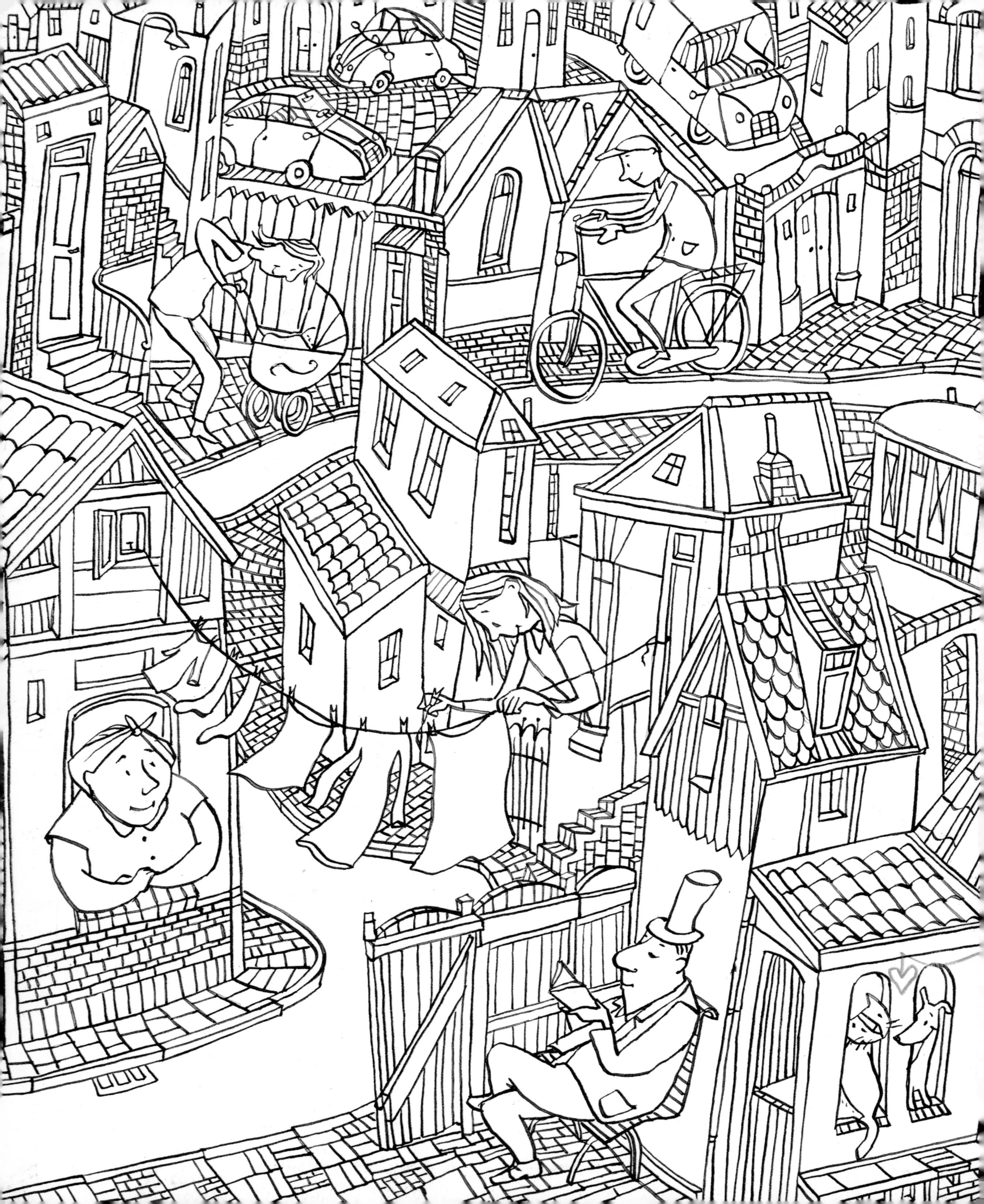

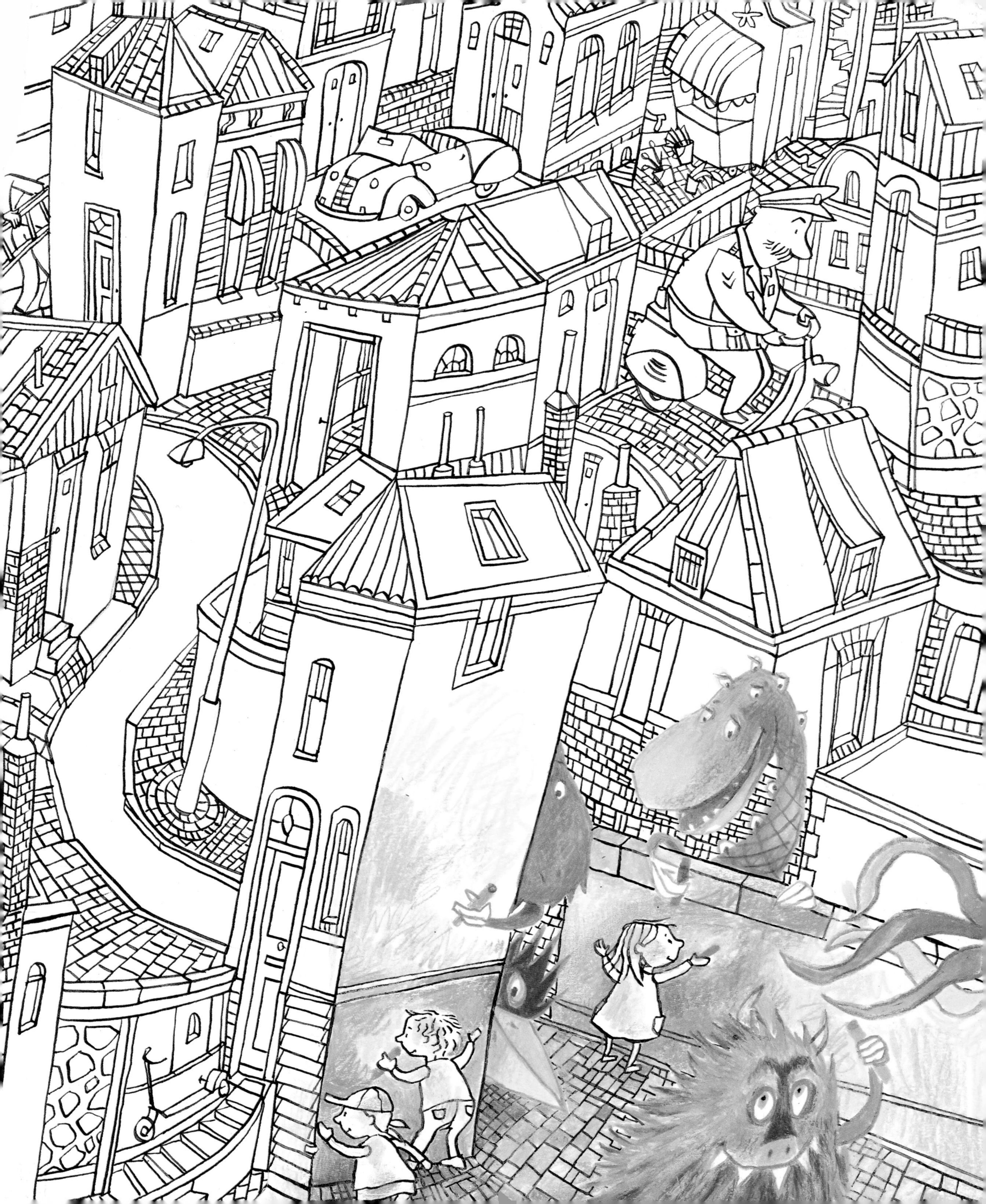